鏡像撮影
copyright © by 鏡像

鏡像詩集

飄舞

鏡像 ○ 著

前　言

《我是風》

我是風　穿過鮮豔的花叢　不帶走豔麗
不帶走馨香模樣

我是風　穿過紅黃的樹林　不帶走顏色
不帶走輝煌

我是風　撫摸過你的臉頰　不帶走愛戀
不帶走情傷

我是風　擁抱過你的身軀　不帶走熱情
不帶走回想

我是風　　進入過你的心靈　　不帶走心跳
不帶走心房

我是風　　在天地之間遊走　　不帶走牽掛
不帶走激盪

我是風　　隨緣安住在境緣　　不帶走煩惱
不帶走名相

我是風　　念動從虛無中來　　不帶走三界
不帶走五行

風吹拂水起波皺

心中雲煙濤聲依舊

四季輪迴春秋

花下浮華已不留

心中的飛鴻

只是到此一遊

鏡像攝影

目錄

CONTENTS

目 錄

CONTENTS

目
錄

C
O
N
T
E
N
T
S

目　錄

CONTENTS

鏡像攝影

情感的長約

塵世一場風月

因緣一季花開花謝

浪漫的心說

醉了　夢幻交錯

一瓣心香採摘

一瓣心香採摘
從此夢幻不醒來
萬千的感慨
只是情緣的相愛

世界是陰陽黑白
讓心折射出來
五顏六色的光彩
自然飄逸著愛

淚水把情愛灌溉
寂寞是為了等待
萬般的無奈
只是心裡有個女孩

紅了的香腮

有情的種子深埋

緣份等著表白

圓滿了心花盛開

夢幻交錯

花好月圓正時節

溫柔喜悅了眉睫

情感的長約

塵世一場風月

因緣一季花開花謝

浪漫的心說

醉了　夢幻交錯

在月圓之夜

躲開喧囂的長街

讓美麗的夜色

和心迷離重疊

從此　愈加不能忘卻

生命中難以忽略

情深一滴血

養開了彼岸花

因緣來世花開花謝

又結一個果

再一世因緣相約

業力相續連結

到來世期盼喜悅

夢幻的世界

由心造　無處躲

飄著墨香的詩詞

飄著墨香的詩詞
情意綿綿縷縷
心念情起
浪漫的濛濛細雨
相續心念開始

心念的舞步
隨即滄桑了情意
緣份的天意
是命運的天筆
書寫必走的道路
畫出必看的景色
心在雲裡霧裡

飄舞 I

清新優美的旋律

跳躍著炫酷

情感猶如

夢幻的光譜

色彩絢爛奪目

鮮活喜悅成了詩句

空間被光芒佔據

心有了相遇

一絲甜蜜

湧出心的出口

鮮豔地成了花絮

隨著風飄舞

飄 舞 II

花絮隨著風飄舞

又如約而遇

因緣情感相聚

情念款款多情彎曲

漫漫的情路

因緣浪漫的心湖

一首情詩湧出

纏綿的千言萬語

迷濛的思緒

由著心情飄溢

化成一襲朦朧煙雨

迎著早晨日出

像天使一般

踏著祥雲的步履

在情思裡來來去去

讓花開在心湖

隨著輕輕的微波

由心起伏歌舞

沐浴歡喜的甘露

情 話

妄心流淌的情話
妄想了一座大廈
青春的年華
眼裡是美麗的朝霞
心裡是芬芳的鮮花

本是一粒塵沙
隨著風飄天涯
一不小心卻發了芽
隨著因緣長大
學會了情話
從此不肯放下
放縱了情感的駿馬

分別了圖畫

執著了煩惱的心法

從此難以回答

一首詩篇

哭泣的淚珠

化成了一首詩篇

在溫暖的庭院

唱了多遍

迴盪在恍惚的心間

因緣的景象浮現

飄起一縷青煙

連綿到山前

又遠離了視線

再也看不見

卻將心牽

只是一瞬間

天空的一道閃電

回到了思緒的原點

我坐在庭院

用淚水和雨水

續寫著未完的詩篇

妄念有萬千言

相續不斷

心 幻

一個畫面
心放映的圖片
一張笑臉
心幻想了久遠

我望著藍天
把投像的雙眼
用心洗一下眼簾
把張張相片
放在天的心間

不知有從前

也不知有遙遠

當下也是夢幻

心是雙眼

是心間　是藍天

也是虛幻

心的河岸

眼淚濕了衣衫

在自己的心河岸邊

留下了孤單

在心河的碼頭

只有迷茫哭紅的眼

看著河水流遠

夜空裡月圓

寂照著心靈河畔

好像只是旁觀

獨自一人的遺憾

那曾經的狂歡

已經隨著風悄悄消散

記得那一天

你沒有回首說再見

碼頭見證了難堪

心情勉為其難

哭灑了一地晶瑩碎片

折射了無數個

清湛月亮皎潔的臉

迷離了夢幻

那個風搖樹梢的夜晚

突然心有所感

景象卻好像與己無關

風也似乎茫然

吹拂著心的河岸

還有月亮悄悄地說

夜深了　　晚安

旅程　盼著永恆

天氣忽熱忽冷

揉搓著情感的傷痕

讓心很疼

今世生命的緣份

還要走沒有完的旅程

一盞孤燈

燈火晃動著不停

旁邊一人孤零

晃動著一個孤影

內心希冀的溫存

想放下　卻欲罷不能

喃喃祈禱神靈

不要無盡地等

心感覺忽熱忽冷

一會混濁　一會晶瑩

只因為心生感情

就妄想著永恆

從此　掉進了

六道輪迴的深坑

等待了又等

妄想就像一隻飛螢

劃過心靈的眼睛

就期盼著愛情

美麗的你娉婷

變成美好的情景

忘了諸事無常

鏡像沒有永恆

轉　眼

滄桑的霜把青絲染
寒風把花吹殘
一縷幽香的雲煙
在境相裡飄散
轉眼就淡了淡了
不再有夢幻的容顏

景象匆匆地改變
內心非常感嘆
像是一首歌謠
感人地發表了誓言
那韻律是心震動琴弦
飄過了似水流年

塵世裡故事萬千

因緣的初見

到分離的改變

思緒隨著境相凌亂

只是那朵花搖曳眼前

從早晨到夜晚

茫茫歲月已遠

相依相偎只是一念

風吹出一襲

隨境怡人的心願

已經悄然離遠

延續了生命的溫泉

時光吹不散情愁

歲月的霜染白首

惦記著溫柔

一顆心悄悄地保留

把情藏在心頭

只是思念常叩

時光吹不散情愁

曾經一揮手

就成了風雨後

不經意　情已黃花瘦

春天過了嘆深秋

獨自上小樓

獨嘆相思如舊

淚水幾次流

時光荏苒不等候

揮手易　情難收

燈火闌珊獨飲一杯酒

夢裡情感約相守

思緒隨境悠悠

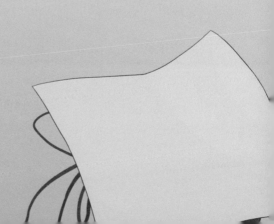

相續靜寂

雖然有心靈的皈依
卻沒有心靈的伴侶
也就無從有珠聯璧合
和心有靈犀

曾有的笑語
是美好的柔風細雨
帶著春秋的詩意
帶著美好的情意
轉瞬間去了哪裡
不知是何故

靈犀有幾許
不見顯靈的你
你就像虛幻的影子

飄來又飄去

只是我心裡的故事

妄心隨境的演繹

隨境的歌舞

心念美麗的形識

不停地相續

好像是混元一氣

更像是無極

沒有我和你

太陽月亮在哪裡

不見動心的情思

不見彩色的美麗

沒有天與地

心清澄　　圓明靜寂

緣份的困惑

漂泊在染污的紅塵

心卻不願意

隨波逐流染著污塵

只是奇妙的緣份

讓我隨緣安身

只是為何情繫紅繩

經常困擾著

輪轉了太多世的靈魂

夕陽漸沉的黃昏

是否記得你的年輪

記得你的生辰

外面綿綿細雨紛紛

那是鴛鴦枕

還是糾纏的愛恨

直到燈油燃盡

還是搞不懂什麼是真

一個春景

又是春暖花開的時候

郊外開心春遊

春風輕拂繾綣溫柔

河畔的那些楊柳

也被春風拂綠了枝頭

只是不見那柳下

曾經熟悉的紅顏嬌羞

讓春風灌滿了衣袖

聽鳥兒婉轉歌喉

夢幻陶醉留在心頭

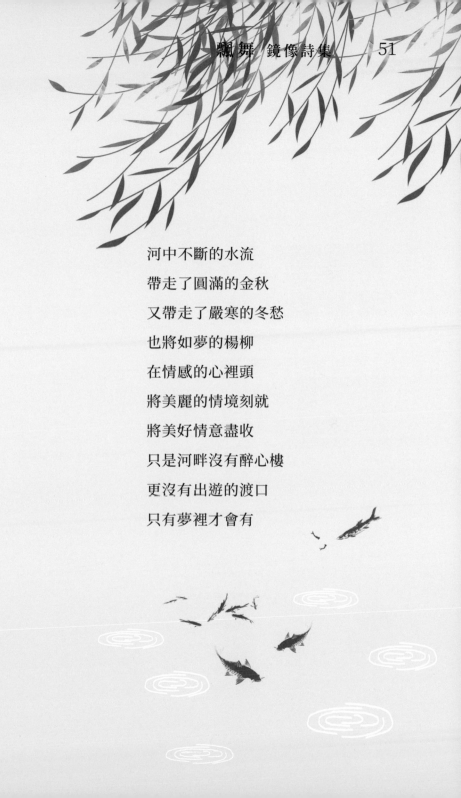

河中不斷的水流

帶走了圓滿的金秋

又帶走了嚴寒的冬愁

也將如夢的楊柳

在情感的心裡頭

將美麗的情境刻就

將美好情意盡收

只是河畔沒有醉心樓

更沒有出遊的渡口

只有夢裡才會有

春秋在心頭

有化無　無生有

一念有了形識由頭

有了模樣映水秀

生了情感春秋

妄心就不斷綢繆

因緣住在了

陰陽的南贍部洲

愛戀執著不休

製造著綠肥紅瘦

體會著溫柔

相續春秋在心頭

從此扯住衣袖

多了無限憂愁

生滅了無數

亮麗肌膚到皮皺

撿起情念的紅豆

即刻就白了頭

讓情感將自己囚

繼續在等候

沈浮在塵世的洪流

因緣的邂逅

是情念一笑回眸

煙雲細雨不收

心造鏡像裡的事由

妄想的心相勾

又妄想著天長地久

建一座漂亮的紅樓

鎖住自在悠悠

讓妄想的心夢遊

看心投射的太陽月亮

還有滿天的星斗

孤獨在角落

風吹逝花季時節

滿園的花兒落

不見黛玉葬花

只見有人孤獨在角落

芬芳已經蹉跎

花叢小徑也走過

看著落花心生寂寞

過去不可得

景象是美麗沒落

心兒努力思索

把美好回憶著

不停地夢幻重播

音符花朵

心裡藏著苦澀

將心房染成了夜色

滄桑歲月已淹沒

卻不見深刻

心念不停地糾葛

彷彿失落魂魄

打開經歷的門鎖

放出無奈錯過

那是一份曾經的承諾

是無數的淚珠滑落

淚漬的斑駁

印記著情感的脈搏

那份深情執著
是一串音符交錯
每個音符花朵
都在心房芬芳住過

一份情感的牽扯
顏色絢麗錯落
色味萬千心不知如何
驛動攪亂了心舍

鏡像攝影

被相思扯住的袖口
被流水親暱的小橋
一念真心的微笑
讓臉腮成了紅桃

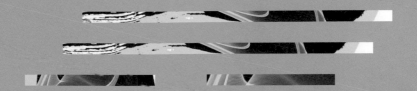

色彩孤枕

夕陽照進了門

情意雖然深

已經來不及跟

橙紅的暮色逐漸清冷

留一點色彩孤枕

夢裡好詢問

這情感的顏色做甚

為何在夢境

心裡又色彩繽紛

黑暗吞噬著靈魂

流下的眼淚

是心靈的傷痕

這煩惱塵世的愛恨

結果有些殘忍

諸事相關的境相

好似很誠懇

只有因果輪迴認真

好像到處有魔

也到處有神

晶瑩的淚珠折射繽紛

繽紛又現一天早晨

你的手

心有一份愧疚
那是情在心中留
默默地承受
歲月流逝出你的手

命運的路一直走
時光不回頭
情卻在心裡守
有時想起會淚流

依戀你的溫柔

心裡境相美麗依舊

一恍惚就會很久

還有日月逗留

思念的心在求

默默地獨自承受

看不見你回首

也握不到溫柔的手

一曲柔風曼妙

被相思扯住的袖口
被流水親暱的小橋
一念真心的微笑
讓臉腮成了紅桃

腮紅把心撩
一念忘情心跳
情就在心裡繚繞
一輪明月來報

春花一身嬌俏

引來鳥兒啼叫

杳杳裊裊　餘情未了

情如朝　一抹紅唇膏

遠處一支玉簫

一曲是心聊

優雅如柔風曼妙

說著從小一直到老

情感作賦

夕陽遲暮
時間好似如故
盼著相聚
共同把愛巢築

山間起迷霧
看不清遠處
猶如灑寒露
老天佈
心兒觸
迷離無法作賦

彎曲繞山路

隱在幽谷

隨境夢一齣

匆匆忙忙不長住

時常清風拂

只是情感一顧

心靈筆觸

寫了一本新書

是宅男蝸居

不見閒庭信步

夕陽已歸暮

星月是賦

夢幻一世由心出

迷 惑

情感的思緒太多

心難以捕獲

絢爛讓眼花了

看不清心怡的輪廓

心生一念迷惑

因緣妄想皆是我

妄心折騰著

生命盡是滄桑斑駁

清淨在心的角落

不做任何承諾

看著痛苦與快樂

只是糾纏因果

淡然地用手一戳

將那層窗戶紙戳破

萬千煩惱執著

放下了隨緣解脫

一曲雲煙

兩人倚著船欄

一曲雲煙

隨著風飄散

移動了燈火兩岸

飄動著衣衫

一首詩篇

成了圖畫墨染

情感溢滿

水聲如琴瑟相伴

江上行船

塵世情感漫漫

一念喜悅

如天花把天空撒滿

款款細語歡言

十指相連

眼裡不見

浪漫雲煙變淡

心裡感嘆著萬千

夜色繾綣怡然

時間飛快

不隨著心意緩慢

良辰太短

心情韻意悠然

緣份不由己

隨著風走南北

又隨著風走東西

跨過多少河溪

聽過多少鳥兒啼

有過多少相遇

有過多少傷心別離

心情隨境好時

寫給清風和花意

那些美好的詩

是一腔熱血情感暖意

提著隨心的筆

喊不盡的風景美麗

秋風蕭瑟起時

盡是落淚的話題

是一份相知

還是一份相惜

心與境是彼此

還是心和境是一體

人生路迢迢千里

相遇相離不知何時

喝一杯交心酒

心想是知己

一襲風由心起

清風濁風不由己

美麗好風光

春天鮮花處處開放

留下一季豔麗芬芳

也留下了記憶

美麗的景象

儲存在浪漫的心房

那些豔麗花兒好風光

慈悲的心花

四處開花飄逸留香

愛情的鮮花

明確對象芬芳

自然熱愛的鮮花

融入溫暖春風的夢鄉

春天一季印象

春天一季芬芳

春天一季愛情

春天一季留香

我就是春季的暖風

帶來花開和花香

心情蕩漾

早晨的陽台上

晨曦灑滿了流芳

對著朝陽

心情想歌唱

彷彿生了一雙翅膀

就想在天空翱翔

身心好明亮

好似在美好裡盪漾

心念一張揚

在晨曦裡就期望

讓勇敢的心房

在風雨裡四海流浪

不是瘋狂

也不是為了寶藏

只是心裡有個夢想

夢想有方向

它在美麗的遠方

慢慢醉死夢裡

依戀了風景的美麗
思緒的繩子
把你溫柔地纏住
不知不覺就是一世

心中升起相思
心念的情癡
把你的生命關進籠子
把心鎖在屋裡
眼裡只有窗外天地

浪漫的回憶

是因為想起了你

好像太陽月亮都是

為了你的關係

悄悄地變得親密

一切都讓人非常愜意

美好在眼裡在心裡

舒暢了心氣

溫柔的陷阱裡

舒服不願意離去

溫水煮著青蛙

慢慢地醉死在夢裡

心輕輕地一觸

一首傷感的歌曲
是情感的離愁別緒
雲煙飄散情難述

一場風雨唱哭
感嘆將心盡付
因緣卻為命運所誤
塵世不能長相顧
好像只是同船渡
那愛戀的雙目
將熱淚灑滿紅塵路

心輕輕地一觸

就落了帷幕

只是短暫的戲一齣

觀看日落日出

因為有你

因為有了你

才有了春風花雨

有了紅塵裡

纏綿糾纏的故事

有了晚霞裡

坐在搖椅上的回憶

有了和夕陽

情感呢喃的話語

陶醉搖著搖椅

又呢喃成了詩詞

不知是晚霞美麗

輕輕地撩撥了情意

還是夕陽的心意

耳旁似乎聽到

太陽吟唱深情的歌曲

心有了靈犀

好像在祭拜天地

心卻感覺非常靜謐

無法用言語描述

優雅自在的愜意

眼淚飄落

在忙碌中回首一瞥

已過了春夏

也過了寒秋蕭瑟

大地已寒冬

飄著靄靄白雪

掩埋了滿地的枯葉

從此　有多少情牽

還記得花開搖曳

又經歷過命運

無數次情感折磨

在六道輪迴裡

有多少眼淚飄落

映照了生命的生滅

距　離

歲月的更替
是冥冥之中的天意
是生命的距離
是心造的奇蹟

擁擠的鬧市
兩人挨著一厘米
一個往東　一個往西
都在一個朝夕裡
兩顆心之間卻是萬里

皺紋上了眼角

皺紋上了眼角

生活開始變得無聊

四季的變化

已經漠然單調

就像常吃的菜

依然是不變的調料

從夜暮又回到朝

聽著一首歌謠

那熟悉的音調

總是在耳旁縈繞

卻只有淡然的心跳

人生道路的長跑

已經跑到老

曾經也有愛的擁抱

也有只是一秒

就能捕捉到了信號

卻只是傻傻地笑

心裡豔陽高照

懷裡揣著歡笑

心情的美好

寫在喜悅的眉梢

那是以前在讀早報

走老了人生道

已經無力跳躍

模糊了生活情調

看淡了　生活逍遙

隨著潮流昭告

我乘一葉扁舟雲遊

御著四季的風飄

淡化了路迢迢

在隨境的路上慢跑

一朝又一朝

執著的信徒

期盼著幸福
一夢就是千古
睜著一雙眼目
境相裡執迷糊塗
做著執著分別
妄想的信徒
卻堅持偏執的認知
不管別人有多苦
盯著一株美麗花樹
走著自己的路

醉了花香

晨露醉了花香

晨曦讓心情飛揚

一滴甘露清涼

思緒一縷

情生道道的詩行

遠處有人歌唱

聲聲進入了心房

貯藏在記憶的行囊

從此有時思量

那奇妙的歌聲

幻化成奇妙的模樣

 一閃念

白雲離開了藍天

消失在天邊

紅了的絢麗楓葉

正在告別秋天

輝煌了圓滿

就是分離的瞬間

回歸了地面

彷彿才是比較永遠

時光繼續向前

不要再留戀

在路上的因緣

最多就是回首一眼

瞬間只是一閃念

心動的時間

心語淚滴

溫柔的涼風在山谷裡

依稀　是你如蘭的呼吸

潺潺的流溪

彷彿　是你柔曼的低語

那鳥兒婉轉輕啼

猶如老唱片在心裡

記錄的老歌曲

讓人永遠難以忘記

成了鐫刻的記憶

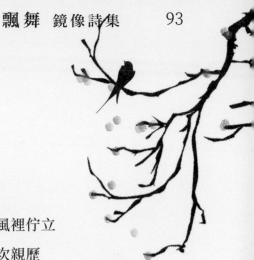

在清涼的風裡佇立

讓心再一次親歷

那美好的回憶

柔曼的風使心癡迷

讓心緊緊相依

忽然聽到了雨聲淅瀝

原來是心語淚滴

反覆思慮　相望不相及

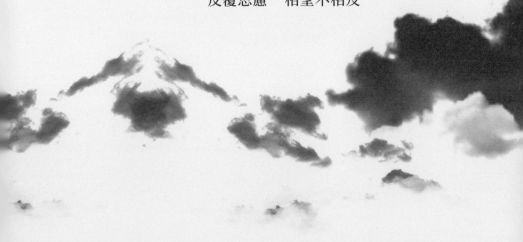

鏡像攝影

手掌的感情線

島紋是悲傷的預言

那是前世的從前

業力始於一點

隨著心情開始蔓延

寫下一生的後記

準備著預演

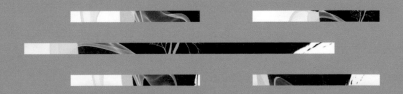

前世的預言

手掌的感情線
島紋是悲傷的預言
那是前世的從前
業力始於一點
隨著心情開始蔓延
寫下一生的後記
準備著預演

就算蜜語甜言
就算吻過你的臉
因緣不圓滿
業力難以改變
塵世的現實
風雨是那樣明顯
沖洗著還有的依戀
遮住了注視的眼

雨水成了眼簾

模糊了你的臉面

成了情感命運的句點

從此　你不在身邊

離心越來越遠

這就是一段緣份

前世寫下的預言

藏在心頭

諸事無常　無法強求
該走的　也無法挽留

內心有的時候
情感執著常回首
那不捨的懷舊
常讓自己感動駐留

心臟的跳動節奏
成了忘情旋律的歌喉
沒有什麼理由
心念就是醇香的美酒

一曲無限風流
由著心四處漂遊
尋找你在哪裡
原來卻藏在心頭

心　畫船為囚

紅塵滾滾洪流
心畫船為囚
六道河水裡行舟
換了多少皮囊陳舊

一念懷春憂愁
一念隨即消瘦
心與心交錯相投
情感一念回眸
一夢天地即是一週

尋找了溫柔

六道裡輪迴必候

繼續紅塵周遊

似曾相識

塵世裡的一世

老天安排相遇

因緣的故事

似曾相識

卻找不出記憶

好像是再來了一次

又演了一齣戲

卻不會有

心裡的完美結局

只是好似夢裡

來來去去的影子

抹也抹不去

故事中的自己

編寫著事蹟

編寫著未來的夢想

卻搞不清心事

隨風化去吧

滄桑累了意馬

不願意再跑天涯

也不想說情話

只想放下

那背上的一樹花

只要手上拈的

一枝小紅花

怕傷害了她

就讓心隨緣了

把她安置在佛塔

又怕思念她

泛起往昔的彩畫

祈禱一下啊

讓情執隨風化去吧

進入花的夢鄉

朵朵紅花芬芳
馨香依然如故飄揚

春雨如沐浴
鮮花似出水仙女
萬般動人風情
靈動了美麗景象

不見賞花者欣賞
依然嬌豔臉龐
只待有緣人的心房
會嗅得花的幽香
帶花回家去
依花而眠香豔傍
進入花的夢鄉

清淨甘露

慈悲安住

潔雅脫俗

溫潤如玉

蓮華甘露

氣　氛

溫馨的情義

生出浪漫的氣息

微風吹拂

滿是你的香氣

輕盈的腳步

美麗的身影

飄逸馨香的髮絲

是那樣的地悉

從此　有了深刻的記憶

相遇　凌亂了心意

有了牽手的對視

有了依賴的懷裡

心裡有了雨露

更有了月光下的

別樣的感受

從此　消失了距離

春意盎然

春意盎然　昂揚
突然冒出春色風光
大學城春來的晚
爆發力極強

春天的芬芳
春天的希望
讓人有愛的衝動
想彈奏愛的篇章

花兒鮮豔綻放
青春的綠色勃發
磅礡的朝氣是
滿懷熱情的胸膛
有一個初生的朝陽

朝陽溫暖的光芒

帶來新的希望

帶來無限的風光

心中有了伊甸園

百花爭豔　充滿歡暢

七彩的幸福時光

住進了心房

我的生命

符咒已經刻上

每個細胞

已經印上了你的名相

當然也知道

你住進了我的心房

你生命的影像

自然在每個細胞顯像

你是我最寶貴的收藏

美好的天堂

就是心中的殿堂

你安住吉祥

常伴我的身旁

在滾滾的紅塵中

我會隨緣四處流浪

偶爾有點徬徨

帶不走瑞光

根本的不動金剛

等待緣份盡時返航

隔不住因緣果香

一條河長
隔不住瞭望
隔不住夢想
隔不住奔向他鄉

一座山樑
隔不住來往
隔不住聯網
隔不住牽手流浪

一片汪洋
隔不住思鄉
隔不住嚮往
隔不住愛戀情長

一世紅塵

隔不住花芳

隔不住種藏

隔不住因緣果香

一段生死

隔不住妄想

隔不住執相

隔不住心投鏡像

心造情短情長

只是掃了一眼時光
就滄桑了模樣
將經歷回想
皆是愛恨的圖像
一幕幕　影影幢幢

猶如大夢一場
內心的雲煙茫茫
隨著風張狂
又隨著風走進角落
舔著自己的傷

轉動眼睛看著四方

掩蓋內心的徬徨

歷程的痕跡卻在臉上

顯示蒼老的模樣

景象就是心動的時光

悠悠路途回首望

心造情短情長

境相裡　　又隨境思量

升起一個夢想

深情在你我的兩眼

在美麗的河畔

牽著你的手　　溫暖

心裡全是愛的依戀

你在我的身邊

沒有說誓言

深情卻在你我的兩眼

乾淨蔚藍的天

遊行的雲朵不見

只有你我歌聲婉轉

遙望遠方高山

希望天長地久愛戀

你我的情意直到永遠

迷濛的夢

人生如同雲煙
有如夢的形
也有如夢幻般的影
讓心有些迷濛
心念纏繞的情形
猶如雲氣般的輕行
遮住了虛幻的山頂

隨著因緣入夢
又隨著因緣成幻影
自然就有心聲
說著有情
又訴說著無情
沒有了清靜

懸掛了開心的風鈴

清脆的叮噹聲

讓心情喜悅輕盈

只是覺悟難喚醒

愚痴的心無明

繼續沈睡做夢

歡 啼

林間鳥兒歡啼

一首優美的曲子

與心情相似

振奮了隱形的雙翼

迎著清風翱翔

在藍天劃出一道痕跡

成了御風的心集

旁邊的裝飾

是那隨風的柳枝

有鳥兒在振翅

枝葉叢裡

還有鳥兒的歌技

光陰成了影集

化作風雨

化作風雨輕撫你
只有如此
相思才能相及
這麼深情的詩句
只是在夢裡

那深情的雨絲
請你珍惜
給一個接受的日期
讓這有雲的天氣
轉成風和日麗

心情錯付

身心在自然裡放逐

體會寒熱徹骨

世間情感的肺腑

聚散離合痛苦

歲月蹉跎夢幻虛度

碌碌無為糊塗

經常心情錯付

沒有智慧的雙目

煩惱痛苦折磨筋骨

世間心與心冷酷

利益讓人贏輸

煩惱是心的痛處

盼著心靈的歸宿

能將煩惱解除

只是不見智慧覺悟

不知驀然回首

即是靈山解脫處

無苦極樂幸福

鏡像攝影

把凝固的眷戀

化成虛幻雲煙飄散

不要一遍遍

讓心翻閱著懸念

想像著續言後篇

那只是心動的預言

緣起緣滅的臉

緣起緣滅的臉

心念隨緣的誓言
隨著蔓延的時間
能不能兌現
天時　地利　人和
是否修得圓滿

心中吻痕的諾言
碎念著世間
有時急紅了臉
就想著羽化成神仙
逃脫折磨的思念
逃脫莫名的喜歡

把凝固的眷戀

化成虛幻雲煙飄散

不要一遍遍

讓心翻閱著懸念

想像著續言後篇

那只是心動的預言

緣起緣滅的臉

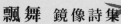

暗戀的祝福

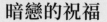

靜靜的一角

有個人在為你心跳

那安祥的微笑

甜蜜掛在嘴角

期盼著一個

你關懷溫馨的擁抱

心裡在煎熬

那是愛情的火苗

不斷地燃燒

幾乎分分秒秒

將心和生命燒烤

你是否知曉

虔誠地在祈禱

不是為了得到

不是為了心願破曉

只是為了你好

希望你能夠

看一樹桃花春早

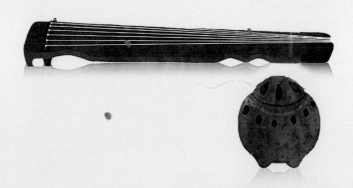

風吹拂

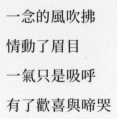

一念的風吹拂

情動了眉目

一氣只是吸呼

有了歡喜與啼哭

思緒有了江湖

春風才得渡

好像一見如故

前世的因緣是明珠

情感相付與
一封心情的詩書
芬芳的朝與暮
情念在心房進出

世間的路途
時常坐船把海渡
因緣而奔赴
為情老花了眼目

一個人的印象

一身的風霜
滄桑寫在臉上
堅毅又平淡的模樣
一下子就把
拘謹和不安流放
心裡有點荒唐
莫名奇妙地
就把你安在了心上

酒在飄著香

酒香在心裡蕩漾

熱血湧到臉上發燙

有點跳動的心

產生了萬千的景象

好似打開了心窗

那夢幻的月光

讓雙眼迷茫地相望

迷茫地思量

生了一雙翅膀

翱翔在天上歌唱

歲月別了枝頭

年少的時候

不識離愁

不懂什麼是等候

也不用飲酒

熱血即會湧上頭

語不驚人

至死也不休

直到歲月白頭

知道彩色錦繡難留

日子滄桑了老友

心中豔麗已舊

相聚只是

過去記憶回首

各在一方　　難有

只有時常喝的酒

經常跑進眼眸

黑夜又白晝

寄語蝸居的小樓

時鐘不停地走

情感依如舊

斗轉星移

路途別了已久

曾經的衣袖

隨風折入春秋

當年的錦繡

埋入西州黃昏後

時間一揮手

花開花落

從此別了枝頭

妄想的雨痕

雨過後有痕

是愛戀還是悔恨

情至甚深

期盼著能永恆不分

不知為甚

卻留有情感

進進出出的心門

留戀的紅塵

彈指一瞬

生命卻漫長了

美麗的早晨

遺憾了夕陽黃昏

妄想的心

留戀著自己的幻身

輪迴的玫瑰

世間的玫瑰

雖然是那樣的美

但是　很快就會枯萎

被愛戀的風摧毀

化作一縷灰

幽幽地飄逝輪迴

天色黑灰

像心頭的淚水

留下灰暗苦澀的滋味

一旦回味

安詳就會失陪

美和灰色的淚

原來是一體　　兩張面孔

只是花仙喝醉

世間走一回

原本是一　　不分誰和誰

憧憬與徬徨

憧憬

是心中美好的希望

可能只是虛妄

但是　活在希望裡

那滄桑的心房

就充滿了陽光

心會充實　不徬徨

徬徨

徘徊的心房

無依止的思想

不知生命的芬芳

不見熱情飛揚

沒有人生目標

心有些慌慌

是無所適從的心房

當心有徬徨

就會虛度時光

心在四處遊蕩

沒有人生的方向

吉祥不在身旁

人生有了理想

只會憧憬

不會徬徨

心中有了吉祥

好似充滿了能量

自然具有了

生命希望的光芒

車　轍

那泥濘路上的車轍
是雨天的一首歌
不知是誰在說
創造車轍的是雨和車

雨中車轍的景色
從此在心裡藏著
有時想起感慨蹉跎
情思回憶即刻成河

風雨飄落了樹葉
記錄了歲月
只是少了月色
車轍的水沒有皎潔

一首好詩

一念對著花痴
從此有了相思
為何記住了你的樣子
為何留下你的名字

雨落好似情絲
飄落即是一首好詩
像是老天所賜
感嘆緣份不可思議

千年的風沙

千年的風沙

吹毀美麗的壁畫

卻吹不毀

內心阿賴耶識的壁畫

那情執分別的妄心

哪怕是很文雅

也會開出因果的花

不管是否牽掛

身語意的鐫刻痕跡

因緣成熟就發芽

雖然是夢幻泡影

妄心的有為法

卻很難擺脫隨境的它

那千年的風沙

吹散了多少世的頭髮

這也是心念變化

心生美麗的花

又執著毀滅了它

除非用真心

建起高高的佛塔

座下現聖潔白蓮花

時間畫白了眉

時光畫白了眉

剩下的頭髮也已白灰

看盡了是是非非

生活也嚐盡了雜味

不是樂就是悲

還好　心沒有頹廢

生活之中　心常會醉

有時心情也會沸

有時也會很累

還有的時候心會碎

太在意錯或對

又看不破遮心的帳帷

有的時候吃虧

有的時候心有愧

乃至惹一身的污穢

在生命的過程中尾隨

妄心像刺蝟

為了利益很尖銳

佛心很慈悲

生命會變得很高貴

不管是得意風采

還是沈淪卑微

都會化成灰一堆

只有佛性是永恆的豐碑

眾生皆有　無是無非

清淨清涼　無圓無虧

眷屬的願

情緣的紅線

我扯這端　你扯那端

在紅塵人世間

紅線看不見

命運的因緣

卻會用手撥琴弦

召喚到一起相見

情緣是命運閃電

演化出七彩的燦爛

多少世的輪轉

經常看到你的臉

期盼你的笑

成為盛開的白蓮

質潔　微笑

一身質潔清傲

卻被世俗七色纏繞

陰陽天地繁星

紛擾煩惱猶如雜草

輕聲嘆　鉛華多少

有幾朵鮮花俏

盼著陽光早

搖曳在晨曦的原野

披一身朝霞紅袍

不讓青天歲老

花香是永恆果報

燦爛慈悲菩薩的微笑

一枕醉夢心憨

一枕醉夢心憨
忘了情約江南

賦情在東山
流水潺潺
相約在河畔
河水緩緩
一曲情歌山川
一腔鍾情河邊

為何夢無相思戀
只是流連雲端
不思紅顏
任由思緒翩翩
卻不在愛的伊甸園

情義在心裡

心裡的一隅

寫著情義兩個字

日月千古

輪傳了多世不離去

浩瀚生命之軀

無畏風雨

感天動地唏噓

化大鵬展翅

翱翔在九天之處

寄一片神羽

載著情義流芳萬古

鏡像攝影

一襲情思溫柔

遊走在春秋

不止不休

卻找不到天長地久

隨緣的心無候

情思溫柔

一襲情思溫柔

遊走在春秋

不止不休

卻找不到天長地久

隨緣的心無候

在河畔的小樓

坐看小小的碼頭

人世間的塵垢

不染夜空的北斗

只是隨著輕風的衣袖

和心音合奏

盼著比肩周遊

盼著情落心頭

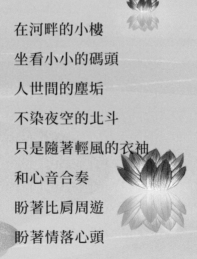

雲煙的春秋

妄想了一情月如鉤

夢幻歲月朦朧

醉倒在花下風流

心湖妄想起皺

雲隨風遠去悠悠

圓虧和結尾

宿命的業力風吹
命運隨緣飄飛
情感的心
在境相裡相隨
一會兒唾棄
一會兒擁抱沈醉
好像只是
對著命運喊喂

放電的眼睛相對
兩顆心相會
陰陽際會的旅途
情迷無悔
兩行癡迷的眼淚

化成影像淒美

塵世俗緣了兌

心生的你我相配

妄想的心沉墜

有了夢幻的依偎

夢裡的珍愛

打動了心扉

把皎潔月亮的圓虧

成了輪迴故事

八苦的聚會

緣生緣滅的結尾

勾手指

伸小手指相勾

將倩影印在眼眸獨秀

一念的情動心相留

成了居住之州

從此　演繹風雨春秋

從年少牽手

到面上起了皺

清秀的眼眸

化掉了多少塵世煩憂

你是我的港口

你是我的橋頭

成了著身的衣袖

時間是我倆的更漏

你在心頭不休

芳華到白頭

悠悠天長地久

修得圓滿歡喜作酬

你　畫在我的心裡

不經意地想起

甜蜜笑容的你

老人說　這是那個人

她正在想你

這是感應到了她的心意

你曾經在心裡

那是命運裡的花季

雖然只是一場風雨

整個身心卻淋濕

到現在還有風雨的痕跡

生命的信息

包含了整個的你

全息的影像裡

是你整個生命的軌跡

卻是畫在我的心裡

到此一遊

春花開了喜上眉梢

綻放的笑臉風流

醉倒了眼眸

依偎在心房裡頭

從春天到深秋

再也不肯溜走

一池蓮花月如鈎

欣喜在美妙的心頭

情思連綿不休

瀰漫了心境悠悠

只是無人等候

無人深情地回眸

風吹拂水起波皺

心中雲煙濤聲依舊

四季輪迴春秋

花下浮華已不留

心中的飛鴻

只是到此一遊

老驥伏櫪

老驥伏櫪
回憶著過去的故事
微笑著不語
平和蕩漾著漣漪
風光無限旖旎

心中餘生的棋弈
怎樣佈局
如何逍遙走路
境相的風雨
心隨著自然如意

都說老矣

心卻在四方萬里

夕陽紅霞裡

婉轉歌喉的鳥啼

依然風光萬千美麗

精彩映紅了天際

坐看江河山壁

無人對弈

原野不見客驛

心放空了景象心思

自然地演繹

悲傷依託的光芒

一腔衷腸

惹來淚雨一場

內心淒滄

眼裡白雪茫茫

感覺很悲涼

歲月漫長

好像心裡皆是傷

落滿冰霜

冰凍了心房

不知如何埋藏

心現的一片荒涼

心兒惶惶

嘴裡壯行哼唱

不停地走向遠方

那裡有一處

寂靜不熄滅的光

心想依託

它卻不是情感的牆

只是很清涼

無染污清淨光芒

情執美麗不悟

窗外濛濛細雨
心不受約束
跑了出去
想把雨意看個清楚

想你的心事
成了綿綿的思緒
想像的道路
充滿了無限的祝福

鮮花的美麗
觀賞依戀過度
花落後心情虛無
心被徬徨佔據

看不清的路途

心靈可望著眷顧

只有回憶斷斷續續

執著不見覺悟

秋色染了心房

打開心中的窗

輕梳以前的過往

以前的模樣

讓心紅了眼眶

那曾經的滄桑

生了多少踟躕惆悵

生了多少秋意

讓蕭瑟的秋風飛揚

又讓無助的心房

生了多少寒霜

往事像枯葉飄蕩

秋風裡充滿了悲傷

每一片落葉

都是感嘆的詩行

輕輕地哼唱

句句都費思量

只是過去的景象

也有過菊花的芬芳

黑暗裡會回想

讓心多了無限遐想

秋色染了多情的心房

一念心思

四季的風吹走了一年
也把記憶吹淡
好像心思有些變慢
發呆地看著藍天

朵朵的白雲乘風走遠
不知道作何感嘆
任由時光荏苒
慢慢地從心中走遠

直到暮色蒼茫浸染
看不清大地江山
盞盞的燈火被夜色點燃
我的心思也星星點點

時光掠影撥弄

眼裡夜色迷濛

嗅到了河畔花香濃

風兒搖曳了樹叢

將時光掠影撥弄

恍惚了感受的時空

原來在煙雨中

諸事景象心裡朦朧

溫暖的風雨作弄

盛開了桃花紅

只是　　如過客匆匆

那一回首的笑容

讓心有些憒懂

一幕歌劇人散曲終

夢幻了路一程

美好的年華恰相逢

飄遊在紅塵幻夢

像一曲自然的歌聲

心念情感在夢境

耳朵聽著風聲

一念即升騰

隨即全是感情

讓心夢幻了路一程

醉了滿山楓葉紅

伴著溪水清澄

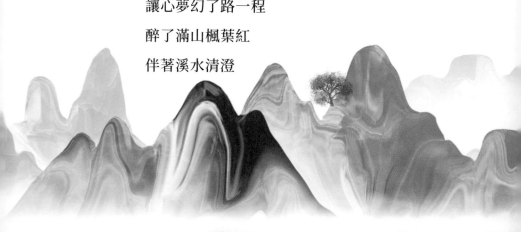

心裡瀰漫細雨情

溫柔的輕風

攜著雲雨繞著山峰

朦朧似幻境

多了一抹迷濛

景象幻弄著感情

從此　心開始苦等

化成一念永恆

情思殘破

一念情思殘破

你像雲煙一樣飄過

聖人智慧說

諸事緣起緣落

實不可得

心妄想夢幻交錯

感嘆唏噓因果

眼淚自然地滑落

心莫名地有點淡漠

不知是心生迷惑

還是有點灑脫

又好像心情錯落

是自然的月圓月缺

景象得所非得

不知到幾何

煩惱才能解脫

舊顏色

唱一首離別的歌

離情全是你我

看著你遠離的背影

心中湧出以往舊顏色

以前青春的歲月

我們手牽著手走過

雖然人生有起落

我們曾經相合

將生命之歌唱著

心中流出情感的長河

有時心情落寞

無奈地化妝著粉墨

在人生的道路上

我們一起走過山河

懷舊時　就想起

那些我們畫過的圖色

時光片段

回頭看看
你不曾走遠
好像是時光片段
一段一首詩篇
流轉在眼前

愛像電流觸電
在每一個細胞蔓延
頭有些暈眩
不知緣份情深情淺
肉眼也看不見
為何腦熱發誓言
從此刻在心間
投影在天地執戀

風輕雲淡

為何心存著依戀

內心有繾綣

你在心裡流連忘返

不停地有感言

心　時常把你

安排在我的身邊

虛幻出溫暖

讓我執幻

你是我情感的心現

情境所致

無需要解釋
因為當時
情境將心念轉移
情難自已
說了滿腹心事
又說了山盟海誓
如醉如癡

圓月有些情迷
醉了心意
有了忘不了的名字
呢喃的話語
在境相裡迷失
煙雨來了
連綿細雨開始

相 思

我起相思
你花開了滿枝
不知誰是長相思
誰有一份情痴

月光下　歡悅時
情難自已
心念不能停止
只有明月知

詩集後記：

《奇 蹟》

落在湖面上的雨滴

粉碎了身體

卻和湖水融為一體

把破碎的心拾起

不再到處尋覓

成了湖水清碧

交融清雅的詩詞

映照純潔白蓮的美麗

想想挺奇蹟

那牽腸掛肚的情義

到處追隨的情思

隨著因緣演戲

卻不能把約定忘記

在機緣成熟的日子

因緣次第具足

那心靈妄想了天地

也見證著白蓮

不染而出離污泥

鏡 像 詩 集

《郵寄》
已出版

《靈魂》
已出版

《一池紋》
已出版

《心不在原處》
已出版

鏡像詩集

《眼角》
已出版

《折射》
已出版

《隨緣》
已出版

《情感的風鈴》
已出版

鏡 像 詩 集

《情池》
已出版

《鏡花緣》
已出版

《心舍》
已出版

《一彎彩虹橋》
已出版

鏡像詩集

《心情的小雨》
已出版

《飄舞》
已出版

《幻境乾坤》
已出版

《心靈的筆觸》
即將出版

鏡像詩集

《桃花夢》
即將出版

《心雨》
即將出版

《困惑》
即將出版

《黑白的眼》
即將出版

鏡 像 詩 集

《坐在山巔》
即將出版

《印記》
即將出版

《心念》
即將出版

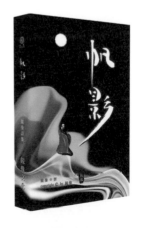

《帆影》
即將出版

鏡像詩集

《情海》
即將出版

《宿緣的一眼》
即將出版

《情送伊人》
即將出版

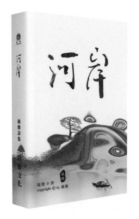

《河岸》
即將出版

鏡 像 詩 集

《心田之相》
即 將 出 版

《原 點》
即 將 出 版

《眼 神 的 影 子 》
即 將 出 版

《四 季 飛 鴻 》
即 將 出 版

鏡像系列詩集

飄 舞 鏡像詩集

作者	鏡像
發行人	鏡像
總編輯	妙音
美術編輯	彩色 江海
校對	孫慧覺
網址	www.jingxiangshijie.com
YouTube頻道	鏡像世界
臉書	www.facebook.com/jingxiangworld
郵箱	jingxiangworld@gmail.com
代理經銷	白象文化事業有限公司
	401台中市東區和平街228巷44號
	電話:(04)2220-8589
印刷	群鋒企業有限公司
出版日期	2020年11月　　　　初版
ISBN	978-1-951338-23-7　　平裝

定價　　　NT$520

網 站

YouTube

臉 書